Quand
je m'habille

Titre original de l'ouvrage : « Cuando... me visto »
© Parramón Ediciones, S.A.
© Bordas. Paris. 1990 pour la traduction française
I.S.B.N. 2-04-019168-2
Dépôt légal : Mai 1990

Traduction : C. Diaz-Bosetti (agrégée d'espagnol)
Adaptation : É. Bosetti (psychologue scolaire)

Imprimé en Espagne par
EMSA, Diputación, 116
08015 Barcelona, en avril 1990
Dépôt légal : B. 16.406-90
Numéro d'Éditeur : 785

la bibliothèque des tout-petits

I. Sanchez / I. Bordoy

Quand
je m'habille

Bordas

Habillons-nous vite, Marie...
Voici des vêtements tout propres :
c'est doux et ça sent bon !

Je sais enfiler mon pantalon
et boutonner ma chemise tout seul...
Maman attache mes lacets.

—J'ai mis une robe et un chemisier, dit Marie.

Au magasin, nous essayons de
nouveaux habits :
— Regardez... c'est trop grand pour moi
et... trop petit pour Marie !

Quand il fait froid, je mets mes gants, mon bonnet, mon écharpe et mon manteau.

Mais s'il fait chaud, un tee-shirt et un bermuda sont suffisants.

Quand je fais du sport, je suis plus à l'aise avec un short ou un survêtement.

Mais, pour le match de basket,
nous portons tous la même tenue.
Chaque équipe a ses couleurs.

Parfois nous partons en excursion toute la journée : le temps peut changer, il faut prévoir des vêtements de rechange.

En été, sur la plage, tout le monde
se retrouve en maillot de bain.

Un jour, j'ai même mis une cravate ! C'était pour l'anniversaire de Benoît.

Et tous les soirs, pour dormir,
j'enfile mon pyjama.

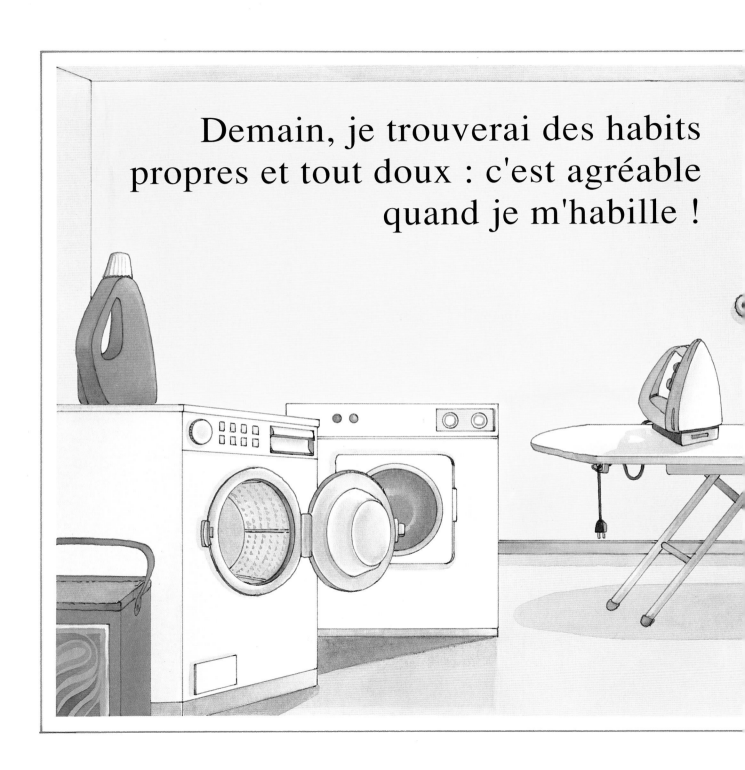

Demain, je trouverai des habits propres et tout doux : c'est agréable quand je m'habille !

QUAND JE M'HABILLE

Situations de la vie quotidienne

Se laver, s'habiller, manger à table, ranger, se déshabiller, se coucher à l'heure dite... toutes ces situations se répètent chaque jour, elles demandent une participation active de chacun. Ce sont en effet des actes répétitifs qui nécessitent des apprentissages précoces chez l'enfant. Bien-être personnel, qualité des relations familiales et sociales sont, en grande partie, déterminés par l'autonomie et le respect des autres dans les actes de la vie quotidienne.

Du fait de leur répétition, du temps qu'il est nécessaire d'y consacrer chaque jour, ces moments sont trop souvent vécus comme des contraintes et deviennent sources de conflits. Aussi, parents et éducateurs doivent-ils être attentifs, faire preuve de patience et de fermeté afin que les situations quotidiennes deviennent une source de plaisir.

Vers l'autonomie

D'une manière générale les enfants éprouvent beaucoup de plaisir à imiter les adultes, à faire des expériences nouvelles. Quand ils commencent à marcher cela n'échappe à personne : ils veulent tout voir, tout faire, etc... Bien vite, vers deux ans, deux ans et demi, l'enfant manifeste le désir de s'habiller seul; cependant son développe-ment psychomoteur ne lui permet pas encore une coordination des gestes et une habileté suffisantes pour réussir vite et bien. Si son entreprise n'est pas soutenue, il risque de se décourager, d'abandonner. Les réactions sont différentes selon les enfants (renoncement ou crises violentes), elles ont un rôle déterminant dans la construction de la personnalité.

Une certaine maladresse au début est tout à fait naturelle ; l'enfant procède par essais et erreurs afin de découvrir la conduite la plus adaptée pour parvenir au résultat. La rapidité et la qualité des progrès dans les apprentissages dépendent en grande partie de la relation qui s'établit entre l'enfant et l'adulte : guider, conseiller, aider sans entraver les initiatives, valoriser les tentatives, souligner les réussites, adapter ses exigences à l'âge et aux possibilités motrices de l'enfant, cela demande pour l'adulte une grande disponibilité, surtout au début.

Les soins corporels, dispensés d'abord par l'adulte puis assurés par l'enfant lui-même, l'habillage et le déshabillage sont des occasions de prendre conscience de son corps.

Les répétitions dans les apprentissages créent aussi certains automatismes : au fur et à mesure que les difficultés sont surmontées l'enfant éprouve du plaisir à s'occuper quotidiennement de son corps.

Il est donc indispensable que l'adulte consacre le temps nécessaire aux apprentissages de l'enfant au cours des premières années : l'autonomie ainsi acquise interviendra dans tous les actes de sa vie future.

Les vêtements

D'abord sensibles aux odeurs et aux sensations procurées par le contact des divers matériaux utilisés pour la fabrication des vêtements, les enfants s'intéressent peu à peu aux formes et aux couleurs. Les parents ont, au début, une influence considérable, aussi, tous les sens étant sollicités, l'éducation à l'hygiène et au sens esthétique commence-t-elle dès la naissance.

Il est logique que les vêtements des enfants se salissent plus vite que ceux des adultes. Ils ont besoin « d'explorer », de courir, de sauter, d'être en contact avec la nature pour enrichir leurs expériences. Il est donc indispensable qu'ils puissent très tôt s'habiller et se déshabiller seuls et prendre soin de leurs affaires sans que l'adulte intervienne à chaque instant.

Les règles d'hygiène incluent les soins aux vêtements (ordre et propreté) et sont facilitées par l'adaptation des tenues aux activités de la journée. Il faut très vite faire comprendre à l'enfant la nécessité de se changer et même de se doucher, par exemple, après des épreuves sportives car les vêtements s'imprègnent de sueur.

Goûts personnels

Avec l'entrée à l'école, l'enfant se trouve confronté aux autres. Ses goûts vont évoluer aussi dans ce nouveau milieu social. La plupart du temps il tient à manifester son appartenance au groupe par un certain conformisme. Il choisit ses vêtements pour « être habillé comme les autres ». Peu à peu ses choix vestimentaires vont de pair avec l'affirmation de sa personnalité. L'influence du groupe et de la publicité reste très forte (même à l'âge adulte), mais c'est à partir de la connaissance de son propre corps et dans la confrontation à la société que se développent le goût et le sens esthétique.

BIBLIOTHÈQUE DES TOUT-PETITS

de 3 à 5 ans

Conçue pour les enfants de 3 à 5 ans, la *Bibliothèque des tout-petits* leur permet de maîtriser des notions fondamentales mais un peu abstraites pour eux : la perception sensorielle, les éléments, le rythme des saisons, les milieux de vie...

Ses diverses séries, constituées en général de 4 titres pouvant chacun être lu de manière autonome, en font une mini encyclopédie dont la qualité graphique, la précision et la fraîcheur de l'illustration sollicitent la sensibilité, l'imagination et l'intelligence du tout-petit.

LES QUATRE SAISONS

Le printemps
L'été
L'automne
L'hiver

LES QUATRE ÉLÉMENTS

La terre
L'air
L'eau
Le feu

LES ÂGES DE LA VIE

Les enfants
Les jeunes
Les parents
Les grands-parents

LES CINQ SENS

L'ouïe
Le toucher
Le goût
L'odorat
La vue

LES QUATRE MOMENTS DU JOUR

Le matin
L'après-midi
Le soir
La nuit

JE DÉCOUVRE

Je découvre le zoo
Je découvre l'aquarium
Je découvre les oiseaux
Je découvre la ferme

JE VOYAGE

En bateau
En train
En avion
En voiture

UN JOUR À...

La mer
La montagne
La campagne
La ville

RACONTE-MOI...

Le petit arbre
Le petit lapin
Le petit oiseau
Le petit poisson

MON UNIVERS

Voilà ma maison
Voilà ma rue
Voilà mon école
Voilà mon jardin

À L'ÉCOLE

Vive mon école !
Vive la classe !
Vive la récréation !
Vive les sorties !

JOYEUSES FÊTES !

Joyeuses Pâques !
Joyeux carnaval !
Joyeux anniversaire !
Joyeux Noël !

MES GESTES QUOTIDIENS

Quand je me lave
Quand je m'habille
Quand je mange
Quand je me soigne

Pour éclater de lire